Paillettes et compagnie

Un mariage enchanté

L'auteur

Dans la vie, **Jill Santopolo** adore inventer et écrire des histoires. Et lorsqu'elle n'écrit pas, elle lit. C'est donc tout naturellement qu'elle est devenue éditrice pour la jeunesse et… écrivain ! D'ailleurs, dans son petit appartement new-yorkais, ses sept immenses bibliothèques ne suffisent plus pour ranger tous ses livres.

Dans la même collection

1. *Tout ce qui brille*
2. *Un amour de bébé chien*
3. *Le bal de l'école*
4. *Sœurs ennemies*
5. *Une drôle d'amie*
6. *Une photo parfaite*
7. *Reines de la fête*
8. *Un mariage enchanté*

Jill Santopolo

Paillettes et compagnie

Salon de beauté

Un mariage enchanté

Traduit de l'anglais (États-Unis)
par Christine Bouchareine

POCKET JEUNESSE
PKJ·

Titre original :
Sparkle Spa
8 – Wedding Bell Blues

Publié pour la première fois aux États-Unis en 2016
par Aladdin, un département de
Simon & Schuster Children's Publishing Division

Contribution : Vanessa Canavesi

Loi n° 49-956 du 16 juillet 1949 sur les publications
destinées à la jeunesse : août 2017.

ISBN 978-2-266-26926-1

Dépôt légal : août 2017

Pour mon neveu Jonah Ari May
Que ta vie soit remplie d'amour (et de paillettes) !

Des tonnes d'amour et de mercis pailletés à
Karen Nagel, Miriam Altshuler,
Marianna Baer, Eliot Schrefer et
Marie Rutkoski.

UN

Rose éclatant

Lise avait de la mousse jusqu'aux coudes. Élodie avait versé trop de savon dans l'eau du bac et les pieds d'Annie Wu disparaissaient sous les bulles.

— Oups, j'ai un peu forcé sur la dose. Désolée, s'excusa Élodie.

Sa grande sœur sourit. Trop de bulles n'avait jamais fait de mal à personne.

— Je pourrais avoir un peu plus de mousse, moi aussi ? demanda Jade, une autre cliente du salon.

Lise versa un peu de produit dans le bain de pieds. L'eau moussa tellement qu'elle finit par déborder.

Jade et Annie éclatèrent de rire. Élodie fit un clin d'œil complice à sa sœur.

— Ce n'est peut-être pas très économique, mais si ça fait rire nos clientes, autant doubler les quantités de savon, non ?

— Pourquoi pas, il faudra juste que je calcule combien de bouteilles de bain moussant nous devrons prévoir en plus.

Charlotte, chargée de l'organisation du salon, s'avança alors vers Annie et Jade.

— Vous avez choisi vos couleurs ?

— Oui, répondirent à l'unisson les deux clientes en brandissant chacune un flacon.

Annie avait choisi Rose éclatant, un rose presque rouge, et Jade un vernis bleu foncé : Nuit de Prusse.

Charlotte jeta un coup d'œil aux filles assises

dans l'atelier bijoux puis regarda son carnet de rendez-vous en fronçant les sourcils.

— Anna n'est pas là ?

— Oh, j'ai oublié de vous prévenir ! s'exclama Élodie. Elle a annulé son rendez-vous. Elle s'est fait confisquer son téléphone en cours de musique et la directrice a convoqué ses parents.

— La pauvre ! compatit Sophie qui terminait de vernir les ongles d'Elsa, une fille de CM1.

Sophie était la meilleure amie d'Élodie et la seule autre élève de CE2 à travailler au salon.

Tandis qu'Annie sortait les pieds de l'eau, Lise regarda autour d'elle avec satisfaction. Quand elles avaient lancé Paillettes et Compagnie à la rentrée, sa sœur et elle n'avaient pas imaginé que le salon rencontrerait autant de succès.

— Bonjour ! lança alors une voix masculine.

— Isaac !

Élodie sauta de joie en voyant entrer le photographe qui immortalisait tous les grands moments de Paillettes et Compagnie. Il passait souvent les voir depuis qu'il sortait avec Jeanne, la meilleure amie de leur mère et leur manucure préférée.

— Bonjour, Isaac, le salua Lise à son tour. Quel bon vent vous amène ?

— En fait, j'ai besoin de vous, répondit ce dernier d'un air mystérieux.

— Que se passe-t-il ?

— Je voudrais faire une surprise à Jeanne.

Élodie, tout excitée, tripota sa natte.

— J'adore les surprises ! Vous voulez lui organiser une fête ? Lui trouver un cadeau ? Comment peut-on vous aider ? Vous voulez qu'on détourne son attention ?

— Je vais la demander en mariage, expliqua Isaac d'une voix calme qui tranchait avec l'agitation d'Élodie.

— Waouh ! Mais c'est génial ! Je ne suis encore jamais allée à un mariage. Tu as entendu,

Lise ? Isaac et Jeanne vont se marier ! Nous allons pouvoir porter des robes fabuleuses avec des chaussures à talons !

Lise pouffa de rire.

— Calme-toi, Élodie, Isaac nous a juste demandé de l'aider.

— Si vous êtes d'accord, je voudrais lui demander sa main ici, à Paillettes et Compagnie, parce que c'est grâce à vous et à votre salon que nous nous sommes rencontrés. J'ai apporté quelques photos à suspendre avec des rubans. Nous pourrions aussi recouvrir le sol de pétales de roses. Quand tout sera prêt, vous inventerez un prétexte pour la faire venir ici et…

— Et vous vous mettrez à genou pour lui faire votre déclaration et lui offrir une magnifique bague en diamant ! le coupa Élodie.

— Ça va vraiment se passer comme ça ? demanda Jade qui, euphorique, envoya de la mousse partout.

Isaac s'éclaircit la gorge.

— Euh… c'est-à-dire que je… j'aurais dû vous en parler plus tôt. Je ne pensais pas que vous auriez autant de clientes.

Lise se tourna vers sa sœur. Isaac avait raison. Elles n'auraient jamais accepté tous ces rendez-vous s'il les avait prévenues. Impossible de contrarier les clientes ! Peut-être pouvaient-elles leur demander de revenir une autre fois ? Lise compta les filles qui attendaient leur manucure et jeta un regard perplexe à sa sœur.

— Peut-on les décommander ? lui demanda-t-elle à l'oreille.

— On n'a pas le choix, articula Élodie tout bas.

Élodie avait raison, bien sûr. Lise espérait juste que les clientes comprendraient.

DEUX

Rouge absolu

Même si la plupart des clientes avaient entendu Isaac, les deux sœurs les réunirent pour leur expliquer la situation.

— Nous sommes vraiment désolées, mais nous devons annuler vos rendez-vous, s'excusa Élodie.

— Nous vous proposons de les reporter à la semaine prochaine, précisa Lise. Vous n'aurez qu'à voir ça avec Charlotte.

Elle retint son souffle. Pourvu que personne ne se fâche ! Lise détestait que les gens se mettent en colère, surtout contre elle.

Annie fut la première à prendre la parole.

— Je peux vous aider ? Je n'ai encore jamais participé aux préparatifs d'une demande en mariage. Ça doit être amusant.

— Moi aussi, je veux vous donner un coup de main ! s'écria Jade.

— Et moi aussi ! s'exclama Elsa.

Bientôt, toutes les clientes du salon proposèrent leur aide. Aucune n'était fâchée. Bien au contraire !

Lise se tourna vers Isaac qui attendait près du présentoir à vernis.

— Nous sommes toutes à vos ordres. Par quoi on commence ?

Isaac sortit de son sac un paquet de photos noir et blanc sur lesquelles on les voyait, Jeanne et lui, se balader main dans la main, visiter des musées, ou encore souffler des bougies d'anniversaire. Chaque cliché était rehaussé d'une seule touche de couleur, comme si Isaac avait peint par-dessus. Sur l'un, Jeanne avait les lèvres rouge carmin. Sur un autre, Isaac portait une cravate bleu fluo.

— C'est trop joli ! s'extasia Élodie.

— J'adore la photo où vous donnez à manger à des canards jaune vif, ajouta Lise.

Isaac sortit de son sac un rouleau de scotch et du ruban.

— J'aimerais que vous colliez des rubans sur les photos pour les accrocher dans le salon. Moi, pendant ce temps, je vais chercher les pétales de rose. Ça vous va ?

— Parfait, chef ! répondit Élodie en faisant une sorte de salut militaire.

— C'est parti ! ajouta Lise.

Heureusement qu'elles étaient nombreuses : il y avait cinquante-cinq photos à suspendre. Isaac aurait pu leur en parler plus tôt, Lise aurait découpé les rubans à l'avance.

Lili, une des meilleures amies de Lise, indiqua aux filles où disposer les clichés.

— C'est tellement romantique... soupira Charlotte en accrochant une photo où l'on voyait Jeanne et Isaac contempler un coucher de soleil.

— Trop mignon ! soupira Lise.

— Waouh ! s'écria Isaac quand il revint dans le salon. Ça rend encore mieux que ce que j'imaginais. Jeanne va adorer.

Lise, Sophie et Élodie s'empressèrent d'étaler sur le sol la montagne de pétales de rose qu'il avait rapportée. Le résultat était magique. Pépite, le chien du salon, en jappa d'admiration.

— Bon, je crois que nous avons rempli notre mission, dit Charlotte. Il est temps de nous éclipser... N'oubliez pas de reprendre rendez-vous !

— Une fois de plus, toutes nos excuses pour ce petit contretemps, ajouta Lise.

— Aucun problème ! répondit Annie. J'ai trouvé ça bien plus amusant que de me faire vernir les orteils.

— Vous êtes prêt, Isaac ? demanda Élodie, une fois les autres filles parties.

Les deux sœurs trépignaient d'impatience. Elles n'avaient jamais vu personne faire une demande en mariage, sauf au cinéma.

Isaac prit une grande respiration.

— Archi-prêt. Vous pouvez aller chercher Jeanne.

— J'y vais ! répondirent-elles d'une seule voix.

Elles firent irruption dans Rose-Abricot et coururent vers Jeanne sans prêter aucune attention à leur mère ni aux clientes.

La jeune femme faisait une manucure à Mme Franklin, une habituée.

— Jeanne ! Nous avons besoin de toi à Paillettes et Compagnie, s'écria Élodie. Il faut que tu viennes !

— Vous avez un problème ?

Lise secoua la tête en cherchant un prétexte.

— Non, nous voulons juste… euh…

— Nous voulons juste te montrer un dessin que nous venons de faire, termina Élodie.

— Quand tu auras fini de t'occuper de Mme Franklin, bien sûr, s'empressa de préciser Lise.

— Vous avez de la chance, j'ai presque terminé.

Une minute plus tard, Jeanne se leva et suivit les deux filles dans leur salon.

Lise s'effaça au moment d'entrer.

— Je t'en prie, passe la première, tu verras mieux.

Jeanne la regarda d'un drôle d'air, mais elle lui obéit.

— Oh ! Isaac, tu es là. Mais… mais qu'est-ce qui se passe ?

Isaac mit un genou à terre devant elle et lui tendit un écrin qui contenait une magnifique bague. Quand il la demanda en mariage, Jeanne le dévisagea, le souffle coupé. Lise retenait sa respiration. Élodie jouait nerveusement avec sa natte. Qu'allait répondre Jeanne ?

— Oui ! murmura-t-elle enfin.

Isaac se releva et ils échangèrent un long baiser comme dans les films.

Lise applaudit, Élodie les acclama. Toutes deux furent bientôt imitées par les employées et les clientes de Rose-Abricot au grand complet qui étaient entrées derrière elles.

— N'est-ce pas merveilleux ? s'exclama leur mère, les yeux humides.

— Tu crois qu'elle nous prendra comme petites filles d'honneur ? lui demanda Élodie à voix basse. Et Pépite comme chien d'honneur ?

Il serait tellement craquant en tutu de mousseline.

Leur mère haussa les épaules d'un air mystérieux.

— Vous le saurez bientôt.

Mais Lise n'était pas très emballée : à dix ans, elle se trouvait un peu trop grande pour être petite fille d'honneur...

TROIS

Pêche d'enfer

Le soir, quand Jeanne appela chez les Garnier, ce fut Élodie qui décrocha. Elle en profita pour lui demander ce qu'elle pensait des chiens en tutu de mousseline. Adorable, n'est-ce pas ? Et le rose, ne trouvait-elle pas que c'était la couleur qui leur allait le mieux ?

Jeanne lui promit d'y réfléchir et lui demanda de lui passer sa mère.

— Maman ! hurla Élodie. Jeanne au téléphone !

La jeune femme éclata de rire à l'autre bout du fil.

— Avec ça, je suis sourde pour un moment !

Comme sa mère ne répondait pas, Lise partit à sa recherche. Elle monta à l'étage et la trouva dans sa chambre, son téléphone portable vissé à l'oreille.

— Dis à Jeanne que je la rappelle tout de suite, ma chérie. Je parle avec ton père.

M. Garnier voyageait beaucoup en semaine et revenait à la maison le vendredi soir. Exceptionnellement, il ne rentrerait pas ce week-end, son voyage d'affaires étant plus long que prévu. Lise aurait bien aimé lui dire un petit bonjour, mais sa mère parlait de choses sérieuses, elle redescendit donc sans les interrompre.

Plus tard dans la soirée, quand les deux sœurs montèrent se coucher, elles pensaient toujours à Jeanne et à son mariage.

— Tu crois qu'elle pourrait demander à

d'autres que nous d'être ses petites filles d'honneur ? demanda Élodie dans son lit.

— Je ne sais pas. Peut-être qu'Isaac a des enfants dans sa famille.

— Tu as raison ! Je n'y avais pas pensé.

— Mais comme Jeanne nous adore, elle nous choisira sûrement.

— Oui, sûrement, répéta Élodie.

Lise était toujours préoccupée. Toutes les petites filles d'honneur qu'elle avait vues devaient avoir quatre ou cinq ans, six tout au plus. Mais Élodie avait huit ans et elle dix. Y avait-il un âge limite ?

Le lendemain matin, leur mère les réveilla plus tôt que d'habitude.

— Debout, les filles ! Jeanne m'a demandé de vous conduire de bonne heure à la boutique de robes de mariée.

— Tu crois qu'elle va nous proposer d'être

ses petites filles d'honneur ? s'écria Élodie, surexcitée.

— Elle ne m'en a pas parlé. En revanche, elle m'a demandé d'être son témoin et elle m'a chargée de trouver une association que cela intéresserait de récupérer les restes du repas de mariage. Vous pourriez m'aider ?

— Bien sûr, répondit Lise.

— Moi, je suis certaine qu'elle va nous proposer d'essayer nos robes de petites filles d'honneur, affirma Élodie en chaussant ses lunettes.

— Peut-être qu'elle veut juste qu'on l'aide à choisir sa propre robe, essaya de la raisonner sa sœur. Calme-toi, Élodie, et si tu te faisais des idées ?

Quand elles entrèrent dans la boutique de mariage, Lise se crut dans un rêve. Une moitié du magasin était remplie de robes aux couleurs plus variées encore que celles des vernis de Paillettes et Compagnie. L'autre moitié disparaissait sous un nuage de robes blanches toutes plus vaporeuses les unes que les autres.

Jeanne vint les embrasser.

— Bonjour, les filles. Nous sommes attendues dans le salon d'essayage.

Élodie et Lise la suivirent et cette fois, Lise se retrouva en plein cauchemar.

Sur le canapé, au milieu d'un fouillis de robes et de catalogues, se tenait Inès Dorval. Sa petite sœur Clara était quant à elle assise sur les genoux d'Isaac.

— Inès ! s'exclama-t-elle.

La jeune fille leva les yeux de son magazine.

— Salut, répondit-elle, sans paraître surprise.

— Tu savais que j'allais venir ?

Inès haussa les épaules.

— Fallait s'y attendre vu qu'oncle Isaac vient de se fiancer avec la meilleure amie de ta mère.

— Mais pourquoi tu ne m'as rien dit ? Pourquoi personne ne m'a rien dit ? ajouta Lise en jetant un regard accusateur à sa mère et à Jeanne.

Inès la persécutait depuis des années. Elle avait même failli ruiner Paillettes et Compagnie deux mois auparavant. Certes, les choses s'étaient arrangées entre elles depuis la kermesse de l'école, mais elles n'étaient pas devenues amies pour autant.

— Je n'ai fait la connaissance de la famille d'Isaac que la semaine dernière, expliqua Jeanne.

— Et moi, je n'ai fait le rapport avec Inès que lorsque nous en avons parlé hier soir au téléphone, ajouta Mme Garnier qui, elle non plus, n'aimait pas beaucoup cette petite peste.

Il y eut un long silence. Lise et Élodie échangèrent un regard désespéré. Quelle catastrophe !

Isaac posa sa nièce par terre et leur fit signe d'approcher.

— Venez vous asseoir à côté de nous, mesdemoiselles, nous avons une faveur à vous demander, Jeanne et moi.

Élodie entraîna Lise par la main et elles prirent place entre Inès et Clara.

Jeanne se tourna vers elles.

— Voilà : nous aimerions vous avoir toutes les quatre comme petites filles d'honneur.

Élodie et Clara poussèrent un cri de joie.

— Et j'ai eu le coup de foudre pour cette petite merveille, poursuivit Jeanne en soulevant une robe avec des manches bouffantes et, à la taille, un énorme nœud de la couleur du vernis Pêche d'enfer. Vous serez ravissantes. Il ne me reste plus qu'à choisir dans quelle couleur je la fais confectionner.

Lise ne savait pas quoi dire. Elle trouvait la robe très jolie, mais ça faisait vraiment bébé. Elle ne se voyait pas du tout dedans.

— Lise et moi, on est trop vieilles pour tenir ce rôle ! protesta alors Inès. En plus, c'est une robe de bébé. Nous allons avoir onze ans, quand même. Pas vrai, Lise ?

Lise était bien d'accord, mais elle ne voulait pas faire de peine à Jeanne.

— C'est que…

— Vous voyez, la coupa Inès, Lise est de mon avis. Et comme nous sommes toutes les deux très douées pour mettre les autres en valeur, je propose qu'on soit plutôt les stylistes d'Élodie et de Clara. Ce sera ça, notre rôle : nous leur ferons les ongles, nous les maquillerons et nous les coifferons.

Élodie regarda Lise.

Jeanne regarda Lise.

Mme Garnier regarda Jeanne.

Jeanne regarda Isaac.

Isaac regarda Inès.

— Moi, ça ne me pose aucun problème si vous préférez ça.

— Oh ! merci, oncle Isaac ! s'écria Inès avec un grand sourire.

Mme Garnier se tourna vers Lise.

— Tu es sûre que c'est ce que tu souhaites, toi aussi ?

Lise se raidit. Elle ne savait pas quoi répondre. Les pensées se bousculaient dans sa tête.

- Inès avait raison : c'était une robe de bébé.
- Le rôle de styliste lui paraissait plus intéressant, plus adulte.
- Elle pensait depuis le début qu'elle était trop grande pour être petite fille d'honneur.
- Mais les petites filles d'honneur prenaient vraiment part au mariage.
- En plus, les stylistes ne défilaient pas derrière la mariée pour porter sa traîne.
- Quand même, ça valait mieux que de se ridiculiser devant tout le monde dans une robe de bébé.

— Je… je…, bégaya-t-elle.

— Elle est d'accord, affirma Inès. Nous ne sommes plus des bébés.

— Ben, nous non plus, protesta Élodie. N'empêche, j'adore cette robe.

Lise acquiesça faiblement.

— Je serais très contente d'être styliste, répondit-elle enfin.

Jeanne la dévisagea de nouveau.

— Parfait. Je suis sûre que vous allez bien vous amuser.

— Et est-ce que Pépite peut être chien d'honneur ? enchaîna Élodie.

Les adultes éclatèrent de rire et Lise sourit, soulagée qu'on change de sujet. Elle se demanda tout de même avec un petit pincement au cœur si elle n'avait pas pris sa décision un peu vite.

QUATRE

Bleu Nuit

Comme promis, le soir, Lise et Élodie aidèrent leur mère à téléphoner à différentes associations. L'une d'elles accepta avec joie de venir récupérer la nourriture qui resterait après le mariage. Elle s'appelait « Fête pour tous ».

Ensuite, Lise s'amusa à faire à Élodie une tresse qui lui entourait la tête.

— Tu me coifferas comme ça pour le mariage ? demanda Élodie alors que Lise attachait le bout de sa natte avec un élastique de la couleur du vernis Bleu Nuit.

— Non, c'est trop simple. On devrait regarder des coiffures dans un magazine de mariage.

— Si on allait voir sur l'ordinateur de maman ?

Elles descendirent dans le bureau et, après s'être connectée à Internet, Lise tapa dans la barre de recherche : « coiffure de petites filles d'honneur ».

Des centaines d'images s'affichèrent. Lise et Élodie les firent défiler.

— Oh ! Regarde celle-là ! s'émerveilla Élodie.

Elle montrait un chignon particulièrement compliqué d'où s'échappait un flot de petites nattes et de boucles, entouré d'une couronne de fleurs.

— Ça me plaît beaucoup, valida Lise. Je pense pouvoir la reproduire. Mais il faudra poser la question à Jeanne pour les fleurs.

— Je vais ressembler à une princesse.

— Absolument.

Soudain, Élodie dévisagea sa sœur d'un air pensif.

— Dis-moi, Lise, tu n'aurais pas aimé être une princesse, toi aussi ? Ce serait plus drôle si on le faisait ensemble !

Lise la serra dans ses bras, incapable de parler, le cœur serré.

— Tu as raison, murmura-t-elle enfin. Si Inès ne s'en était pas mêlée, j'aurais sans doute accepté d'être petite fille d'honneur. Mais, cela dit, je dois reconnaître qu'elle n'a pas tort. Regarde les filles sur ces photos… J'ai passé l'âge.

Élodie remonta ses lunettes sur son nez en soupirant.

— Ça m'aurait fait tellement plaisir qu'on marche toutes les deux derrière la mariée dans une belle robe…

— Rassure-toi, même si je ne fais pas partie du cortège, je porterai une belle robe comme toutes les invitées. En plus, je tiendrai compagnie à papa qui sera seul, lui aussi.

— Mais tu ne regrettes pas un peu ?

— Si, finit-elle par avouer. Un peu.

Elle devait avoir l'air triste, car Élodie lui caressa le bras.

— Ne t'inquiète pas, je te dirai l'effet que ça fait. Et puis on s'amusera bien quand tu me pomponneras. Tu verras, on va s'éclater !

— Tu as raison. D'ailleurs, qu'est-ce qu'on attend pour essayer ce chignon ?

CINQ

Vert veine

Le mardi suivant, Élodie remarqua que Jeanne n'avait pas son entrain habituel.

— Tu ne trouves pas que Jeanne a l'air un peu triste ? demanda-t-elle à sa sœur alors qu'elle s'occupait des ongles de Daisy. Si j'allais épouser un homme aussi gentil qu'Isaac, je serais la plus heureuse du monde.

Lise, qui faisait une manucure rayée à Violette, la petite sœur de Daisy, haussa les épaules.

Elle craignait d'avoir contrarié Jeanne en ne voulant pas être sa petite fille d'honneur.

— Peut-être qu'elle n'a plus envie de se marier, murmura Daisy.

Lise secoua la tête.

— Non, ça ne peut pas être ça, protesta-t-elle.

Mais elle commençait à se poser des questions.

Une fois leur dernière cliente partie, les filles firent le ménage. Du vernis Vert Veine avait été renversé par terre. Lise frottait le sol à genoux quand leur mère et Jeanne entrèrent dans le salon.

— Lise ? demanda Mme Garnier, tu te souviens de ce que Fête pour tous nous a recommandé pour la nourriture ? J'ai oublié mes notes à la maison.

Lise ferma les yeux pour se remémorer la conversation téléphonique.

— D'abord, on ne peut pas donner ce qui

reste dans les assiettes. Ensuite, tous les plats doivent être maintenus à la bonne température entre la fin du repas et le moment où ils seront récupérés. Tout doit être emballé selon les règles sanitaires. Et pour finir, le camion passera un quart d'heure après la fin du mariage.

— Merci, ma chérie. Je savais que je pouvais compter sur toi.

— Moi aussi, je voulais vous remercier, les filles, enchaîna Jeanne. C'est grâce à vous que j'ai eu l'idée de donner la nourriture en trop à une association. Comme vous faites avec votre collecte.

Élodie se tourna vers Lise.

— La prochaine fois que notre cagnotte sera pleine, on pourra donner l'argent à Fête pour tous. Qu'est-ce que tu en penses, Lise ?

— Excellente idée.

Jeanne serra Lise dans ses bras.

— Tu es un amour, Lise. J'espère simplement

que tu ne te laisseras pas mener à la baguette par la nièce d'Isaac.

Le lendemain, au déjeuner, Lise venait de s'asseoir à sa place habituelle à la cafétéria, entre Charlotte et Lili, quand Inès vint se planter devant elle.

— J'ai plein d'idées pour le maquillage et la manucure de Clara et d'Élodie. Et comme Paillettes et Compagnie est fermé aujourd'hui, je me suis dit qu'on pourrait se retrouver pour en parler. Tu n'as qu'à venir chez moi après l'école.

— Impossible, ma mère m'attend. Même si Paillettes et Compagnie est fermé, je vais tous les soirs lui donner un coup de main à Rose-Abricot.

Inès leva les yeux au ciel.

— T'as qu'à l'appeler pour lui dire que tu ne peux pas. Tu ne crois pas que le mariage de Jeanne et de mon oncle est plus important ?

— D'accord, soupira Lise en songeant à la mise en garde de Jeanne. Je vais l'appeler.

— Parfait. Retrouve-moi à la sortie de l'école. Ma baby-sitter viendra nous chercher dans une voiture rouge.

— Une voiture rouge, répéta Lise. C'est noté.

Il ne lui restait plus qu'à prévenir sa mère et s'assurer que sa sœur avait quelqu'un pour l'accompagner jusqu'à Rose-Abricot, car elle n'avait pas le droit de rentrer seule à pied.

— Qu'est-ce qu'elle voulait ? demanda Charlotte quand Inès fut repartie.

— Me compliquer la vie ! Jeanne nous a demandé d'être ses petites filles d'honneur et Inès a répondu qu'on était trop vieilles, elle et moi. Et comme une idiote, je l'ai approuvée !

— On sait, tu nous l'as déjà raconté hier, commenta Lili.

— Et elle a bien raison, vous êtes trop vieilles,

reprit Charlotte. Souviens-toi que tu nous as dit que la robe faisait vraiment bébé.

— Oui. Mais comme Inès a décidé qu'on serait stylistes, notre rôle se bornera à maquiller et coiffer Clara et Élodie pour le mariage.

— Ce sera sympa !

— Oui… N'empêche qu'au fond de moi je regrette de ne pas faire partie du cortège, quitte à être la plus grande des petites filles d'honneur.

— Tu pourrais trouver un autre rôle, suggéra Lili. Pense à tous ceux que nous avons à Paillettes et Compagnie.

Lise but une gorgée de jus de fruits d'un air pensif.

— Lequel par exemple ?

Son amie sortit un stylo de sa poche et étala sa serviette en papier sur la table, prête à dresser une liste.

— Pour commencer, il y a les mariés.

Charlotte faillit s'étrangler avec son cookie aux M&M's.

— Voyons, Lili, aucun de ces rôles ne peut lui convenir.

— Je sais, c'était juste pour m'échauffer. Ensuite, il y a l'enfant qui porte les alliances.

— C'est réservé à un tout-petit, remarqua Lise.

— Et le plus chouvent à un garchon, ajouta Charlotte la bouche pleine. Charles portait les allianches au mariage de notre tante.

— Témoin, alors ? proposa Lili.

— C'est pour les adultes, répondit Charlotte.

Lili se tourna vers elle.

— Il n'y avait pas d'autre rôle au mariage de ta tante ?

— Ma cousine distribuait les programmes. Tu pourrais faire ça…

— Elle faisait partie du cortège ?

Charlotte secoua la tête.

— Alors ça ne m'intéresse pas.

Les trois filles se regardèrent, perplexes.

Lili poussa un gros soupir.

— Tu pourrais peut-être redemander à Jeanne d'être petite fille d'honneur ?

— Non, c'est fichu, marmonna Lise. Je serai styliste, un point c'est tout.

Les trois amies finirent de manger puis elles repartirent vers leurs classes. Charlotte passa un bras autour des épaules de son amie.

— Si tu veux, on pourra t'aider à choisir ta robe, Lili et moi.

Lise sourit pour la première fois de la journée.

SIX

Jaune Soleil

À la sortie de l'école, dès qu'Élodie apprit que Lise allait chez Inès, elle voulut venir aussi.

— Si tu veux, répondit sa sœur. Après tout, tu es la première concernée.

Mais Inès refusa catégoriquement.

— C'est nous, les stylistes. Élodie n'a pas à assister à nos réunions de travail. Seulement aux essayages !

Une fois de plus, Lise se remémora le conseil

de Jeanne. Elle mit les mains sur les hanches et répondit d'une voix ferme :

— C'est ma sœur, et si elle veut venir, elle viendra. En plus, elle a toujours de bonnes idées. Nous formons une super équipe.

— Mais c'est chez moi que ça se passe, rétorqua Inès, mains sur les hanches elle aussi. Et là, l'équipe, c'est toi et moi !

— À ce propos, on ferait mieux de se réunir à Paillettes et Compagnie, puisque tous mes vernis sont là-bas.

— La réunion aura lieu chez moi comme prévu, là où se trouvent *mes* produits de maquillage et *mes* accessoires pour les cheveux. Et tu sais ce que je pense de ton salon minable ; c'est minuscule et ça sent mauvais !

Élodie vint se planter devant Inès.

— Arrête de raconter n'importe quoi ! Si tu critiques notre salon, je ne veux pas de toi comme styliste !

— J'ai été engagée pour faire ce travail, tu n'as pas le choix ! répliqua Inès.

Lise, hors d'elle, repoussa ses cheveux en arrière, mais ils lui retombèrent aussitôt devant la figure.

— Je te rappelle que c'est toi qui nous as attribué ce rôle. Essayons au moins de le tenir correctement ! Pour ça, nous devons tester différentes coiffures et différents maquillages sur nos petites sœurs.

Inès, ne sachant quoi répondre, tira distraitement sur les lanières de son sac à dos.

— Très bien. Dans ce cas, tu peux venir chez moi, Élodie. Et nous verrons ensemble ce qu'on peut faire.

Sur ces mots, les quatre filles montèrent dans la voiture de la baby-sitter.

Une fois que le quatuor se trouva chez Inès, l'ambiance continua de se dégrader.

Après un goûter vite expédié, les filles montèrent dans la chambre d'Inès.

Celle-ci s'assit sur son grand lit à baldaquin couleur vernis Jaune Soleil. Clara se laissa tomber sur un pouf en forme de poire tandis que Lise et Élodie s'asseyaient sur un tapis zébré jaune et rose. Lise n'avait jamais touché un tapis aussi doux.

— Nous avons déjà choisi ma coiffure, avec Lise, annonça Élodie. Tu leur montres, Lise ?

Sa sœur lui tressa les cheveux en vitesse et les remonta pour donner une idée générale.

Inès plissa le nez.

— Je ne suis pas sûre que ça me plaise. C'est très… haut. En plus, vous n'auriez pas dû choisir sans moi. J'ai mon mot à dire.

Lise ne voyait pas le problème. Sur la plupart des photos qu'elles avaient vues sur Internet, les petites filles avaient les cheveux relevés. Mais Inès avait effectivement le droit de donner son avis.

— Nous n'avions pas l'intention de choisir sans toi, c'est juste une proposition.

— Moi, je veux porter mes cheveux lâchés, dit alors Clara. Avec un bandeau. J'adore les bandeaux.

Ce fut au tour d'Élodie de froncer le nez.

— Je ne peux pas porter de bandeau avec mes lunettes. Ça me fait trop mal derrière les oreilles.

Lise chercha un compromis.

— Et si on vous faisait une tresse qu'on enroulerait autour de votre tête comme un bandeau, en laissant le reste des cheveux défait ?

Inès croisa les bras.

— L'intérêt du bandeau, c'est qu'on peut en choisir un avec des strass. Alors qu'une tresse, ça n'a rien d'original et ça ne brille pas.

— On pourrait ajouter des rubans et des perles, suggéra Lise.

— Moi, je veux un chignon ! insista Élodie.

— Et moi je veux garder mes cheveux détachés ! rétorqua Clara en la fusillant du regard.

— Ce n'est pas vous qui choisissez ! cria Inès. C'est Lise et moi les stylistes !

Lise n'aimait pas la tournure que prenaient les événements. Pour elle, une styliste devait avant tout écouter les désirs de sa cliente.

— Tu sais, Inès, Clara et Élodie ne sont pas obligées d'avoir la même coiffure.

— C'est vrai, s'écria Élodie. Nous sommes des petites filles d'honneur, pas des jumelles. De toute façon, comme Clara ne porte pas de lunettes, on ne pourra jamais être exactement pareilles.

— Tout à fait ! acquiesça Lise. Vous porterez la même robe, c'est ça le plus important.

— Et pour les chaussures, je veux mettre les sandales dorées que j'avais pour mon gala de danse, continua Élodie. Maman a dit que je pouvais.

— Et moi les sandales pailletées qui vont avec mon déguisement de Cendrillon, s'écria Clara. Tu te souviens, Inès ? Je te l'avais déjà dit.

Inès ne répondit pas. C'était très mauvais signe.

Élodie se leva d'un bond.

— C'est réglé ! Chacune sa coiffure et chacune ses chaussures. Si on passait au maquillage, maintenant ?

Lise se leva à son tour.

— Bonne idée. Occupons-nous du maquillage. Tu nous montres tes idées, Inès ?

La jeune fille avait monté un petit salon de beauté qu'elle avait baptisé « Maquillage de Star ». Elle n'ouvrait que pour les grandes occasions. Très méfiantes au début, Lise et Élodie avaient fini par reconnaître qu'Inès était douée. Elles lui avaient même proposé de partager leur stand à la kermesse de l'école.

— Je vais vous montrer mon coffret de super

produits. Mais je vous préviens, y a que moi qui ai le droit d'y toucher.

Elle souleva un superbe vanity sur lequel était écrit *Inès* en lettres d'or. Quand elle l'ouvrit, les filles aperçurent toutes sortes de produits scintillants, des fards à paupières, de la poudre de fée pour les joues et des brillants à lèvres de six couleurs différentes.

— On va faire quelques essais. Mais attention, je suis la seule à utiliser les produits ! répéta-t-elle.

Lise leva les yeux au ciel.

Clara s'avança la première.

Inès avait dû s'entraîner souvent sur elle, car sa sœur ne cligna pas une seule fois des yeux pendant qu'elle lui mettait du fard argenté sur les paupières.

Élodie eut beaucoup plus de mal à se tenir tranquille.

— Arrête de bouger, marmonna Inès, ou je vais finir par te crever un œil.

Elle lui mit du fard à paupières doré et du gloss rose pâle. Quand elle eut terminé, tout le monde tomba d'accord : c'était mieux que les filles ne soient pas identiques.

Clara et Élodie n'arrêtaient pas de s'admirer dans le miroir.

— On est trop belles, vous ne trouvez pas ? jubilait Clara.

Lise devait reconnaître qu'Inès avait fait du bon travail.

— Et pour les ongles ? demanda-t-elle.

— Je préfère attendre d'aller à Paillettes et Compagnie pour choisir mon vernis, répondit Élodie.

— Et il faudrait d'abord connaître la couleur de vos robes, précisa Inès.

— Quand est-ce qu'on le saura ? demanda Lise.

— Samedi, quand on retournera au magasin pour les premiers essayages, répondit Inès en les raccompagnant en bas.

— Et si j'apportais une petite valise de vernis à la boutique ? proposa Lise. Ce sera beaucoup plus pratique de choisir avec les robes sous les yeux.

— Bonne idée ! approuva Clara.

— Oui, c'est une excellente idée, répéta Inès.

Lise faillit en tomber à la renverse.

— Alors on fait comme ça.

Tandis qu'elle attendait avec Élodie que leur mère vienne les récupérer devant chez les Dorval, Lise poussa un soupir de soulagement. L'après-midi s'était mieux terminé qu'il n'avait commencé. Elle était tellement contente pour Élodie et Clara qu'elle en avait presque oublié qu'elle ne ferait pas partie du cortège.

Même si, au fond d'elle, elle avait de plus en plus de mal à se résigner à son rôle de simple figurante.

SEPT

Belle Rose

Le samedi matin, Lise, Élodie et leur mère quittèrent la maison sur la pointe des pieds pour ne pas réveiller M. Garnier qui était rentré très tard. Il devait les retrouver après leur rendez-vous à la boutique de mariage.

En chemin, Mme Garnier mit ses filles au courant des dernières nouvelles. Les robes des petites filles d'honneur étaient bien arrivées. Élodie et Clara pourraient donc les essayer pour voir s'il fallait les retoucher. Mais Jeanne ne lui avait pas dit de quelle couleur elles étaient. Elle tenait à leur faire la surprise.

Lise avait rempli sa valise à roulettes avec un assortiment de vernis Paillettes et Compagnie.

Élodie trépignait d'impatience.

— Vivement qu'on arrive ! Maman, tu es sûre que Jeanne ne t'a rien dit sur la couleur de ma robe ? Tu n'as pas le moindre indice ?

— Non, aucun indice, pouffa Mme Garnier.

Soit leur mère n'en savait vraiment rien, soit c'était une super comédienne, songea Lise.

Le magasin lui parut aussi magique que la première fois. On avait déjà l'impression d'être au mariage.

Elle aperçut Ralph, le représentant de l'association Fête pour tous, en grande conversation avec Jeanne.

— Je crois que tout est réglé, disait-il. Merci beaucoup, Jeanne.

Élodie se rua sur la jeune femme.

— Où sont nos robes ? De quelle couleur sont-elles ?

— Donne-moi une minute et je m'occupe de toi, ma chérie.

Élodie patienta en tripotant sa tresse. Lise posa sa valise pour admirer les superbes robes qui l'entouraient. Il y en avait de magnifiques, toutes brodées de perles ou parsemées de petites fleurs. Si seulement elle avait pu en porter une...

À la place, elle remettrait la robe qu'elle avait étrennée pour le gala du Club des grandes patronnes de la ville. Lise l'aimait beaucoup, mais elle n'avait rien à voir avec celles-ci.

Elle caressait les perles d'une robe vert jade quand une porte s'ouvrit juste à côté d'elle. Elle vit alors Valentine Hoffman sortir du salon d'essayage dans une superbe robe violette à bustier.

— Valentine ! Qu'est-ce que tu fais là ?

Valentine faisait partie de l'équipe de foot féminine de l'école, les Anges d'Auden. Avec Jessica Monier, leur capitaine, elles avaient été les premières clientes de Paillettes et Compagnie. Jessica avait si bien joué pendant le match qui avait suivi sa pédicure arc-en-ciel que toute l'équipe avait voulu la même. Et les Anges étaient devenues leurs clientes les plus fidèles.

— Ma demi-sœur se marie, expliqua Valentine. Et je suis sa demoiselle d'honneur.

Une demoiselle d'honneur ? Lise n'en avait jamais entendu parler !

— Ça consiste en quoi, exactement ?

— C'est ainsi qu'on appelle celle qui ouvre le cortège, un bouquet de fleurs à la main, assorti à celui de la mariée. C'est un peu comme un témoin. Je porte une robe différente de celles des petites filles d'honneur, un modèle plus adulte. Elle est jolie, non ? ajouta-t-elle en tournant sur elle-même.

La robe était splendide ! Elle était faite dans deux tissus du même violet, l'un transparent et l'autre satiné, et était ornée d'une ceinture brodée de perles.

« Une demoiselle d'honneur ! » répéta mentalement Lise. Jeanne accepterait-elle de lui confier ce rôle ?

— C'est ma demi-sœur qui l'a choisie, poursuivit Valentine.

— Elle est fantastique. Exactement de la couleur du vernis Raisin Muscat, s'écria Lise qui adorait le mauve.

— Merci. Je viendrai me faire vernir les ongles à Paillettes et Compagnie avant le mariage si je peux.

— Avec plaisir. Viens quand tu veux.

Une jeune femme s'avança alors vers elles.

— Fais-moi voir, Valentine.

— Carina, je te présente mon amie Lise. Lise, voici ma demi-sœur.

— J'adore votre coiffure, la complimenta Lise. Toutes mes félicitations pour votre mariage.

— Merci, répondit Carina avant de se tourner vers Valentine. Cette robe te va à ravir, tu vas être une parfaite demoiselle d'honneur !

Les derniers mots de Carina laissèrent Lise rêveuse. Plongée dans ses pensées, elle faillit ne pas voir que Ralph s'apprêtait à partir. Elle s'empressa de dire au revoir à Valentine et à Carina et elle courut rejoindre Jeanne.

— Jeanne, il faut que je te demande quelque chose…

Elle s'arrêta net en voyant arriver Isaac et ses deux nièces.

— Ah, te voilà ! s'écria Inès. C'est pas trop tôt. Je commençais à me demander si tu ne t'étais pas noyée sous tous ces froufrous.

— Faut croire que non ! répondit Lise avec un grand sourire.

— Maintenant que tout le monde est là,

voulez-vous connaître la couleur des robes ? demanda Jeanne.

— Oui ! répondit Élodie en sautant de joie.

— Mes petites filles d'honneur porteront des robes roses avec une ceinture et un nœud turquoise.

— Rose ! hurla Élodie. C'est ma couleur préférée.

— Moi aussi ! jubila Clara.

— Quel ton de rose ? s'informa Lise.

Jeanne réfléchit quelques instants.

— Celui du vernis Belle Rose.

Lise regarda sa mère : elle souriait.

Au même moment, une vendeuse apporta les deux robes.

— Waouh ! s'écria Élodie. Je n'en ai jamais vu d'aussi belles ! Et toi, Clara ?

— Jamais ! J'ai hâte de l'essayer.

Lise eut un petit pincement au cœur, mais malgré tout, elle était contente pour Élodie et

Clara. En revanche, quand elle vit la robe de témoin de sa mère, turquoise, brodée de perles et de fleurs, elle faillit s'étrangler de jalousie. Là, c'était trop. Elle voulait la même ! Mais aurait-elle le courage de le demander ?

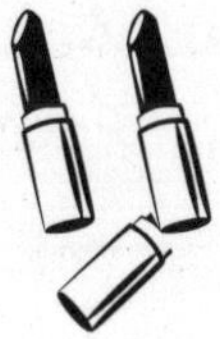

HUIT

Délice turquoise

Elle devait se jeter à l'eau tout de suite avant de se dégonfler. Elle ferma les yeux et se lança.

— Jeanne, si tu savais comme je regrette de ne pas faire partie de ton cortège… Mais je viens d'apprendre qu'il existait des demoiselles d'honneur, elles ouvrent la marche devant la mariée. Je suis désolée si ça complique un peu les choses, mais ça me ferait tellement, tellement plaisir de tenir ce rôle !

— Moi aussi ! hurla Inès qui l'avait écoutée, les yeux écarquillés. Moi aussi, je veux être demoiselle d'honneur !

Jeanne ne répondit pas tout de suite. Lise sentit son estomac se nouer.

— Je ne sais pas, murmura enfin la jeune femme. Nous n'avons pas de cavaliers pour vous…

Lise baissa la tête.

— Ça ne fait rien, c'était juste une idée, bafouilla-t-elle, au bord des larmes.

— Attendez ! cria Inès. J'ai une autre idée. Et si je portais la même robe que Lise mais en noir, comme les cavaliers en smoking ? Comme ça, nous pourrions défiler ensemble.

Isaac se tourna vers Jeanne.

— Ce n'est pas bête.

— Je vous en prie ! supplia Inès.

— Je vous en supplie ! renchérit Lise.

Jeanne ferma les yeux et prit une grande inspiration.

« Oh, non, songea Lise. Je viens de gâcher son mariage. Elle va m'en vouloir toute sa vie. »

Jeanne rouvrit enfin les yeux.

— C'est d'accord. On va faire comme ça.

Lise et Inès échangèrent un sourire ravi et sautèrent au cou de Jeanne.

— Oh ! merci, chuchota Lise. En vrai, je n'avais aucune envie d'être styliste.

— Je sais, répondit Jeanne à voix basse avant de se tourner vers Inès. Vous savez que vous nous avez fait de la peine, les filles, quand vous avez refusé de participer au cortège ?

Lise baissa la tête.

— Je suis désolée.

Inès ne dit rien. Lise lui donna un coup de coude.

— Bon d'accord, je suis désolée aussi. C'est juste qu'on est trop vieilles pour…

— C'est très bien, l'arrêta Jeanne. Savoir s'excuser est une preuve de maturité.

Lise entendit Inès soupirer.

— Alors, si on s'occupait de vous trouver deux jolies robes de grandes ? enchaîna Jeanne.

Lise s'essuya les yeux.

— Avec plaisir !

Lise venait d'enfiler une robe du même turquoise que celle de sa mère, avec un décolleté danseuse, des bretelles croisées dans le dos et tout l'arrière de la jupe piqueté de petites fleurs.

Elle se tourna vers Inès.

— Comment tu la trouves ?

— Jolie... même si elle manque de paillettes.

Les cinq modèles précédents avaient été refusés pour les raisons suivantes :

- Inès n'aimait pas les robes à manches courtes.
- Lise n'aimait pas les robes à manches longues.

- Mme Garnier les trouvait trop jeunes pour les robes bustier.
- Jeanne ne voulait pas de robes en tissu brillant.
- Ni Inès ni Lise ne voulaient de robes avec des nœuds.

Mais cette fois, le modèle plaisait à Jeanne, à Lise et à sa mère. Et aussi à Inès apparemment, malgré le manque de paillettes.

— Et si on mettait du vernis pailleté ? suggéra Lise. Et un maquillage pailleté. On pourrait même porter des bandeaux ou des barrettes avec des strass.

Le regard d'Inès s'illumina.

— Dans ce cas, cette robe sera parfaite !

Un énorme sourire s'étala sur le visage de Lise.

— Oui, c'est vraiment la robe idéale, acquiesça Jeanne. Bien ! Les filles, maintenant que vous êtes officiellement demoiselles d'honneur, vous allez avoir certaines responsabilités.

— C'est vrai ? répondirent Lise et Inès d'une seule voix.

— Tout à fait. J'ai besoin de deux personnes de confiance pour conduire Ralph et son chauffeur à la cuisine quand ils viendront chercher la nourriture après la réception. Vous pourrez vous en charger ?

— Pas de problème, répondit Lise.

— Vous pouvez compter sur nous, confirma Inès.

Jeanne se pencha pour remettre les cheveux de Lise derrière ses oreilles.

— Je suis tellement contente que tu fasses partie de mon cortège ! Ça ne me plaisait pas du tout de me marier sans ton aide.

— Il faut aussi féliciter Inès. C'est elle qui a trouvé la solution de la robe noire pour m'accompagner.

— Tu as raison. Tu as eu une excellente idée, Inès.

— Je sais. C'est toujours moi qui ai les meilleures idées.

NEUF

Noirtistique

— Les filles, on n'a pas encore choisi nos manucures pour le mariage samedi prochain !

Sans même lever la tête de ses devoirs, Lise avait déjà reconnu le pas et la voix de celle qui venait de franchir la porte de Paillettes et Compagnie.

— Je sais, Inès, je sais.

Lise s'était aperçue de leur oubli au moment de rentrer chez elle après les essayages, en voyant sa valise à roulettes.

— Mais maintenant que nous sommes demoiselles d'honneur, est-ce qu'on est encore stylistes ?

Inès haussa les épaules.

— Je ne vois pas ce qui nous en empêcherait.

— Moi non plus, déclara Élodie qui donnait à manger à Pépite.

Elle s'approcha du présentoir de vernis.

— Vous savez quoi ? Je me disais qu'on pourrait proposer une manucure spéciale pour le mariage de Jeanne.

Inès leva les yeux au ciel.

— Pitié, épargnez-moi vos manucures farfelues...

— Attention, Inès Dorval ! la coupa Élodie. Interdiction de critiquer.

— Et à quoi pensais-tu exactement, Élodie ? enchaîna Lise, bien contente que sa sœur ait cloué le bec à Inès.

— Je me disais que Clara et moi, nous

pourrions alterner un ongle sur deux les vernis Belle Rose et Délice turquoise, et vous un doigt sur deux le Noirtistique et le Délice turquoise, comme ça ce serait assorti à vos deux robes.

— Pas mal. Et pour les orteils ? demanda Lise, puisqu'elles porteraient toutes les quatre des sandales.

— Si je les vernissais en noir et toi en turquoise ? suggéra Inès.

— Ça me plaît bien. Et Clara pourra les vernir en rose et Élodie en turquoise.

— Excellent ! acquiesça Élodie.

Lise attrapa les flacons correspondants sur le présentoir. Les couleurs allaient toutes très bien ensemble.

— Jeanne va adorer, murmura-t-elle.

— Oncle Isaac aussi, renchérit Inès.

Lise n'était pas sûre qu'Isaac s'intéresse beaucoup aux couleurs de leurs vernis, mais elle préféra se taire.

— Bon, il ne nous reste plus qu'à régler le problème de la coiffure.

Inès sortit de son sac à dos quelques pages découpées dans des magazines.

— Je t'ai apporté des photos de bandeaux et de barrettes. Mais nous ne sommes pas forcées d'être assorties, puisque Élodie et Clara ne le seront pas. De toute façon, nos robes ne sont pas de la même couleur.

Lise examina la sélection d'Inès. Il y avait un bandeau avec des strass tout autour, un autre pailleté, une barrette avec trois fleurs en strass et une autre avec un cœur.

Élodie se pencha par-dessus son épaule pour regarder.

— J'aime bien le bandeau pailleté et la barrette avec le cœur.

— Pas les fleurs ? s'étonna Lise.

— Non, il y en a déjà sur vos robes, ça suffit.

Inès la dévisagea en plissant les yeux.

— Tu as raison.

— Alors, Inès, qu'est-ce que tu préfères, le bandeau ou la barrette ?

— Le bandeau.

— Moi, la barrette, annonça Lise avec un sourire.

Inès entoura les articles qu'elles avaient choisis.

— Je vais les commander.

Tout se passait tellement bien avec Inès que Lise commençait à trouver ça louche. Pourvu qu'elle ne provoque pas une catastrophe au mariage !

DIX

Bleu adorable

Le jour tant attendu, Lise fut réveillée par Élodie qui sautait sur son lit.

— C'est aujourd'hui le mariage ! C'est aujourd'hui le mariage ! chantonnait-elle.

La veille, Lise avait verni les ongles d'Élodie et d'Inès. Et Élodie avait fait ceux de Clara et de Lise. Ensuite, les quatre filles avaient photographié leurs mains et leurs pieds.

Quand les deux sœurs descendirent prendre leur

petit déjeuner, elles trouvèrent Jeanne et leur mère en compagnie de trois autres invitées de Jeanne. Michelle, qui avait été la colocataire de Jeanne à l'université, Julia, sa cousine, et enfin Rachel, la sœur d'Isaac. Mme Garnier leur faisait les ongles.

— Vous voulez de l'aide ? proposa Lise.

— Ça ne vous ennuie pas ? demanda Jeanne.

— Bien sûr que non. Que ne ferait-on pas pour la mariée ? répondit Lise en glissant des tranches dans le grille-pain. Qu'est-ce que je peux faire ?

— Mes orteils. Ta mère me les a vernis en blanc hier, mais je me suis souvenue que je devais avoir quelque chose de bleu pour me porter bonheur. Tu veux bien me mettre du Bleu adorable ? Ta mère a fait un saut au salon tout à l'heure pour aller le chercher.

— Il est dans mon sac, Lise, précisa Mme Garnier qui posait la dernière couche de vernis incolore sur les ongles de Michelle.

Après avoir mangé sa tartine, Lise enfila des gants en latex pour ne pas abîmer sa manucure avec le dissolvant, puis elle appliqua le vernis bleu.

— Alors, qu'est-ce que tu en penses ? demanda-t-elle quand elle eut terminé.

— Je n'aurais pas fait mieux, la félicita Jeanne. Merci, ma grande.

Lise referma le flacon et retira ses gants.

— Je suis très fière de t'avoir verni les ongles le jour de ton mariage. Et encore plus fière de faire partie de ton cortège !

Jeanne la serra dans ses bras.

— Tu ne peux pas savoir comme ça me fait plaisir. Et j'adore la manucure que vous avez choisie, les filles.

Lise agita les doigts, toute contente.

— Merci.

— Il n'y a pas de quoi. Maintenant, il est temps de vous habiller !

Quelques heures plus tard, les Garnier étaient en route pour Chez Francie, l'un des meilleurs restaurants de la ville. Pendant le trajet, Lise et Élodie n'osèrent pas bouger d'un cil de peur d'abîmer leur robe, leur coiffure ou leurs ongles. M. Garnier n'en revenait pas de la beauté de sa femme et du calme de ses filles.

Inès les attendait à l'entrée du restaurant.

— Dépêchez-vous ! Nous devons être prêtes avant l'arrivée des autres invités.

— Vous êtes magnifiques ! s'exclama Élodie devant les sœurs Dorval. J'adore ton fard à paupières, Clara.

Inès devait les maquiller à leur tour et il n'y avait pas une minute à perdre.

Les filles se précipitèrent dans les toilettes des dames et Inès se mit au travail. Quand Lise se vit dans le miroir, elle poussa un cri de surprise. Inès était vraiment très douée.

Un quart d'heure plus tard, le cortège s'aligna pour faire son entrée, Isaac en premier, suivi de Lise et Inès. Venaient ensuite la mère de Lise et le père d'Inès, tous deux témoins. Le fils d'un ami d'Isaac portait les alliances. Enfin, la mariée entre ses parents, suivie d'Élodie et de Clara qui portaient sa traîne.

Lise mourait d'angoisse.

— J'ai envie de faire pipi, glissa-t-elle à Inès.

— Arrête. Tu viens d'y aller.

C'était vrai. Elle revenait tout juste des toilettes.

— C'est le trac. Tout va bien se passer. Détends-toi.

Lise essaya de se raisonner, mais il y avait tellement de monde, et sa robe était tellement longue... Et si jamais elle se prenait les pieds dedans ?

Elle poussa un profond soupir.

— J'ai peur de tomber, avoua-t-elle à Inès.

— Tu veux que je te donne un truc ?

Lise hocha la tête.

— Fais comme moi.

Inès souleva sa robe en pinçant le tissu de chaque côté au niveau des genoux.

Lise l'imita et sentit son angoisse s'envoler. La musique commença. Inès la prit par le bras et elles avancèrent sous le crépitement des flashes.

Alors qu'elle admirait les bouquets de fleurs accrochés aux dossiers des chaises, Lise trébucha et se cramponna au bras d'Inès.

— Bien rattrapé ! la félicita Inès à voix basse sans cesser de sourire.

Au bout de ce qui parut une éternité à Lise, elles parvinrent enfin devant le maire. Lise se plaça à gauche et Inès à droite et elles se retournèrent pour regarder arriver le reste du cortège.

Les premières mesures d'un vieux disque des Beatles retentirent. Jeanne apparut dans sa robe de princesse couverte de perles, son long voile en dentelle flottant derrière elle. Lise faillit ne pas la reconnaître.

Tout le monde laissa échapper un « oh ! » admiratif.

Jeanne et Isaac se dévisagèrent comme s'ils étaient seuls au monde.

— C'est incroyable, non ? glissa Inès à l'oreille de Lise. Mais cette dernière ne put lui répondre tellement elle était émue. Et elle n'était pas la seule : tous les invités avaient les larmes aux yeux.

ONZE

Nuit de Prusse

La cérémonie terminée, il y eut un cocktail suivi du dîner et du bal. Lise et Élodie dansèrent sur tous les morceaux, même sur le dernier, un vieux slow des Beatles qu'elles partagèrent avec leurs parents dans une grande étreinte familiale.

Soudain, leur père se pencha pour embrasser leur mère.

— Beurk ! s'écria Élodie alors que Lise souriait, ravie.

À la fin de la chanson, Isaac se pencha pour embrasser Jeanne passionnément.

— Beurk, beurk, beurk ! grimaça Élodie.

— Oh ! tu ne trouveras pas toujours ça dégoûtant, la taquina sa mère en lui passant un bras autour des épaules. N'est-ce pas, Lise ?

Lise sourit. Elle adorait quand sa mère lui parlait comme à une adulte. *Une adulte !* Elle se souvint soudain qu'Inès et elle étaient censées aider Ralph à récupérer la nourriture destinée à l'association.

— Je dois m'occuper de Fête pour tous ! dit-elle à ses parents avant de partir en courant.

Elle retrouva Inès, et les deux filles allèrent attendre le camion à l'entrée du restaurant. Puis elles conduisirent Ralph et son chauffeur à la cuisine.

— Voulez-vous qu'on vous aide ? proposa Lise devant la quantité de plateaux, de boîtes et de sacs qu'ils devaient emporter.

— Ce serait vraiment génial, répondit Ralph.

— Lise, on va salir nos robes ! lui souffla Inès.

Lise fit comme si elle n'avait rien entendu. Elle prit un plateau.

— Allez, viens.

Inès poussa un soupir et attrapa une cagette.

— Je n'en reviens pas de me retrouver à charger un camion pendant le mariage de mon oncle, grommela-t-elle.

— Arrête de râler. Le mariage est pratiquement terminé et ça va nous prendre à peine cinq minutes. En plus, c'est super qu'Isaac et Jeanne aient pensé à donner cette nourriture. Il y a tant de gens qui vont en profiter.

— Tu as raison, reconnut Inès.

— Et c'était génial qu'on soit demoiselles d'honneur, non ?

— Et qu'on fasse tout ça ensemble, ajouta Inès en posant la cagette dans le camion.

Lise la dévisagea, les yeux écarquillés.

— Est-ce que, par hasard, on serait devenues amies ?

Au début de l'année scolaire, à peine deux mois auparavant, Lise n'aurait jamais imaginé s'entendre avec cette peste d'Inès. Mais à présent, même si Inès avait son franc-parler et ne se gênait pas pour faire des réflexions désagréables, Lise commençait à l'apprécier. Elle admirait sa créativité et sa ténacité. En fin de compte, elles formaient une bonne équipe, toutes les deux.

— Je crois que oui, répondit Inès en l'aidant à poser son plateau dans le camion.

— J'avoue que ça me plaît bien.

— Moi aussi, répondit Inès en lui tapant dans la main.

— C'est dans la boîte ! cria alors Isaac qui les avait photographiées à leur insu. Voilà une belle photo à mettre dans notre album de mariage.

Il leur montra le cliché sur son écran : leurs

ongles vernis brillaient sous le ciel Nuit de Prusse.

— Tu sais quoi, Lise ? poursuivit Isaac. Ce mariage n'aurait jamais eu lieu sans Paillettes et Compagnie. C'est en venant pour photographier les animaux de Pattes d'Amour que je suis tombé amoureux de Jeanne. C'est à vous et à votre salon que je dois mon bonheur !

Lise sourit. Jamais Élodie et elle n'auraient pu imaginer que Paillettes et Compagnie leur apporterait tant de joies.

Comment réaliser une pédicure Demoiselle d'honneur

par Lise (et Élodie !)

Ce qu'il te faut :

- Serviettes en papier
- Dissolvant
- Boules de coton (ou de l'essuie-tout)
- Vernis incolore
- Deux vernis de couleur vive (toutes les

couleurs peuvent aller, mais nous préférons deux tons vraiment opposés comme le rose et le turquoise ou le violet et le jaune)

Ce que tu dois faire :

1) Pose des serviettes en papier par terre pour ne pas tacher le sol. (À moins que tu te vernisses les ongles dehors, dans l'herbe ou dans un endroit qui ne risque rien.)

2) Mets du dissolvant sur une boule de coton ou sur de l'essuie-tout. Si tu as déjà du vernis sur les ongles, retire-le soigneusement. Sinon, passes-en juste un peu sur tes ongles pour qu'ils soient bien propres. Cela permet au vernis de mieux accrocher.

3) Prends une feuille d'essuie-tout, tortille-la pour en faire un boudin que tu passes entre tes orteils. Si la feuille rebique, coince le bout sous ton petit doigt de pied pour qu'elle ne te gêne

pas quand tu verniras l'ongle. Tu peux aussi la déchirer.

4) Prends ton vernis incolore et passes-en une couche sur chaque ongle. Puis referme bien le flacon. (Tu peux faire les ongles dans n'importe quel ordre. Lise préfère commencer par le gros orteil et finir par le petit.)

5) Ouvre le premier vernis que tu as choisi. Appliques-en une couche sur un orteil sur deux en partant du pied gauche et en finissant par le pied droit. Referme bien le flacon.

6) Ouvre le second vernis que tu as choisi. Appliques-en une couche sur les orteils restants. Referme bien le flacon.

7) Répète l'opération numéro 5.

8) Répète l'opération numéro 6.

9) Laisse sécher tes ongles quelques minutes. Ensuite, ouvre le flacon de vernis incolore et pose une dernière couche sur tous tes ongles. Referme bien le flacon.

10) Tes ongles doivent à présent sécher au moins vingt minutes. Tu peux t'éventer les orteils ou en profiter pour te confectionner un bracelet, lire un livre, regarder la télé ou bavarder avec une amie *(ou ta sœur)*. Ensuite, pour vérifier, il te suffit d'appliquer délicatement le pouce sur l'ongle de ton gros orteil. Si ça ne colle pas, c'est que le vernis est sec.

Te voilà à présent avec une superbe pédicure Demoiselle d'honneur ! Mais attention, même si le vernis te paraît bien sec, évite de porter des chaussettes ou des chaussures fermées. Mets plutôt des nu-pieds ou des tongs qui te permettront de montrer à tout le monde tes jolis ongles bicolores.

Bonne pédicure !

Ouvrage composé par
PCA – 44400 REZÉ

Imprimé en Espagne
par Cayfosa
S26926/02

PKJ • www.pocketjeunesse.fr
POCKET JEUNESSE

FSC www.fsc.org
MIXTE
Papier issu de sources responsables
FSC® C003309

Pocket Jeunesse, une marque d'Univers Poche,
est un éditeur qui s'engage pour
la préservation de son environnement
et qui utilise du papier fabriqué à partir
de bois provenant de forêts gérées
de manière responsable.